Encontros e Des-Encontros

Maria Teresa Hellmeister
Fornaciari

Encontros
e
Des–Encontros

Direitos reservados e protegidos pela Lei 9.610 de 19.02.98. É proibida a reprodução total ou parcial sem autorização, por escrito, da editora.

Imagem da capa feita a partir de pintura da autora: "Promessa Secular", óleo s/tela, 50cm x 70cm, 2002.

Dados Internacionais de Catalogação na Publicação (CIP)
(Câmara Brasileira do Livro, SP, Brasil)

Fornaciari, Maria Teresa Hellmeister
    Encontros e des-encontros / Maria Teresa Hellmeister Fornaciari. – Cotia, SP: Ateliê Editorial: São Paulo, SP: Oficina do Livro, 2005.

ISBN: 85-7480-291-3

1. Crônicas brasileiras I. Título.

05-2544   CDD-869.93

Índices para catálogo sistemático:
1. Crônicas: Literatura brasileira   869.93

Direitos reservados à

ATELIÊ EDITORIAL
Estrada da Aldeia de
Carapicuíba, 897
06709-300 – Cotia – SP
Telefax (11) 4612-9666
www.atelie.com.br

OFICINA DO LIVRO
R. Gaspar Lourenço, 587
04107-001 – São Paulo – SP
Telefax (11) 5571-5830
claudioliber@yahoo.com.br

Printed in Brazil 2005
Foi feito depósito legal

Para o Clito,
  com quem sempre vivenciei
  o trivial divino do efêmero,
  o perpétuo fugaz do transcendente.

Sumário

Ele e ela 11
Avesso 13
Tempo de Quaresma 15
Tomates secos 21
Ser poeta 26
Enigma 28
Carta de achamento do Brasil 31
Autopsicografia 34
Magia dos copos-de-leite 37
Busca 41
Tentação 43
Coisas de amor 47
Identidade 49
Imponência do sisal 51
Marca de campeão 55
Primavera 59
Impressionismo 63
Epifania 66
Claustrofobia 70
Perspicácia de arco-íris 74

Cochilo 76
Coisas de metrópole 80
A menina de cá 86
Filé com fritas 91
Olhos de tartaruga 95
Avesso 100
Travessia 104

Ele e ela

Chegaram quase juntos, à hora marcada. Caminharam iluminados ao longo da avenida poeirenta, mas nem sentiram a aspereza do dia insuportável pela temperatura exageradamente alta. O importante era estarem a sós, ele e ela, independente de todos os que passavam apressados ou sem compromisso. Sentiam-se plenos e viviam o momento, experimentando a maciez da claridade da tarde desbotada. Indescritível o ardor do peito; o coração parecia correr desatinado, como se as pernas não fossem suficientemente competentes para valorizar a importância da situação. O descompasso interior desorientava, embriagava.

Quando se viram, a alquimia dos olhares se perfumou dos aromas mais puros, desconhecidos. Certeza de nada havia, apenas necessidade de estar perto. Andaram lado a lado, desviando-se dos buracos, sem mesmo notá-los. Às vezes, em conseqüência do caminhar de tanta gente que passava por eles, um roçava no outro e havia uma sensação de êxtase. Quase não se falavam, mas estavam ali, andando sob o sol raivoso, ele e ela.

Sem que se dessem conta, porém, do céu amarelado de nuvens traiçoeiras, pingos grossos de chuva invadiram o calçamento. E a magia se desfez. Da incerteza que tinham, passaram a sentir o calor que emanava do concreto da calçada esburacada. O que parecia vago e tênue concretizou-se e eles claramente enxergaram as respostas do que antes era inexplicável. Encharcados, reconheceram suas identidades constrangedoras e únicas; não havia mais elo, não havia mais sabor, apenas egoísmos parciais que se interceptavam. Na mesma avenida, seguiram separados, sós, nunca mais ele e ela.

Avesso

Telas imensas projetavam-se no espaço oco das salas. Inscrições sem nexo, cores vibrantes sobrepostas, figuras agressivamente constrangedoras. O desafio para os que admiravam as pinturas era enorme; as respostas estavam todas ali, mas deveriam ser conquistadas.

Para eles, no entanto, a tarefa árdua ficava em segundo plano. O convite à decifração dos enigmas era vão, pois, no meio de todos, estavam a sós. O mundo dos painéis os rodeava, mas eles viviam num espaço próprio, íntimo, sedutor. Estar ali lado a lado fingindo compreender o significado da arte que todos apreciavam era apenas um pretexto; estavam unidos pelo calor da sala fria e vibravam de amor. Aparentemente, mais dois espectadores concentrados, intelectualizados; no íntimo, duas almas que comungavam ao som da melodia de seus próprios corações. Sentiam os acordes à medida que caminhavam, à medida que se deslocavam para observar novos quadros; porém, a única realidade surreal daquela mostra não era a registrada em nenhuma tela, mas a emoldurada por eles que pouco se olhavam, consumindo-se só por estarem lado a lado.

Se não saíssem do ambiente fechado, sufocariam, apesar da transparente serenidade de seus semblantes. Mas por perto estava a natureza. E o lago. Havia cisnes brancos e negros, altivos, perspicazes. Contudo, nem as aves sobranceiras foram capazes de enxergar a plenitude da magia que os contagiava. Olhavam á água plácida, a mansidão das asas – vez ou outra em movimento – e comentavam algum detalhe do desenho que chamara atenção, só para deixar a realidade, distraída deles, percorrer seu caminho. Os dois continuavam dentro daquela moldura hermética e só eles tinham o poder de interpretar o quadro oco-mágico. Para sempre, ele e ela.

Tempo de Quaresma

O som da gaita faz-se ouvir baixo, surdo; entretanto, a melodia infiltra-se pelo jardim da quaresmeira miúda e já florida. Uma quaresmeira que se preze não pode deixar de florir, para tornar menos melancólica a quarta-feira que tem cinzas no nome e na alma. A melodia espalha-se; impulsionada por dedos calejados, vai timidamente descendo os degraus da soleira onde ele se encontra de cócoras, para atingir o céu carregado e também cinzento. Os olhos estão absortos, o corpo, cansado do trabalho com os animais. Suor escorre-lhe ainda pelos cabelos lisos e engordurados, mas a roupa malcheirosa parece querer secar no corpo.

Ela o olha com desdém. Como gostaria de ver na cara tostada aquele sorriso puro que a convencera a deixar o tão querido lar, ainda quase uma menina! Teria visto algum dia esse sorriso? Lembrava-se do tempo quando ele enfrentava o sogro ranzinza, trazendo um litro de aguardente forte do alambique conhecido; para ela, sempre uma rosa do jardim para enfeitar o vasinho branco. Vinha bem penteado, com aquele cheiro bom, que a fazia sentir-se confortável, sentada a seu lado no sofá da sala, sob a vigilância do pai protetor. O alho queimando na panela a livra do pensamento lívido. Por que os pensamentos insistem em aparecer sempre assim, cor de ocre, cor das manchas de barro das roupas dele que ela é obrigada a lavar? Olha suas mãos de unhas roídas, mãos que seguram a colher de pau e mexem o feijão. Como é possível alguém gostar todo dia desse mesmo feijão com mandioca?

O cheiro da comida mistura-se com a música sem graça da gaita, que ele faz questão de tocar. As botas de couro descansam ao lado, para alegria do cachorrinho nem um pouco preocupado com aquela sinestesia inexplicável. Rasga, com seus dentes de criança-cão, o jornal que serviu o dia todo de palmilha, mas o homem não se altera. Continua com sua melodia, a única coisa a lhe fazer companhia. Poderia contar-lhe do lagarto, que roubara os ovos de faisão que ele pusera com tanto cuidado para a galinha de pescoço pelado chocar. Sorte que as galinhas não têm discernimento para distinguir ovos. Ele também não tinha competência para entender aquela cara enjoada que já durava um tempão. De novo era hora de pegar o dinheiro contado e trazer a compra do mês. Disso ele se orgulhava: colocar pacotes e latas sobre a mesa manca da cozinha; tudo chegava com presteza para que ela lhe preparasse o jantar sempre do mesmo jeito. Será que nunca enjoava do feijão com mandioca?

A mesa estava mesmo capenga. Calçou-a, como sempre, com um pedaço bem dobrado do jornal que ele deixara jogado em cima do sofá com capa verde-folha. Ler, ninguém sabia, mas o jornal era muito importante para arrumar o pé da mesa, apesar de encardir um pouco por dia a capa do único sofá da casa. Como seria bom conhecer as letras daquelas páginas para ter contato com o mundo além daquele portão de ferro, além da janela de sua cozinha. Estendeu a toalha com cheiro de limpa e pensou em pôr no vasinho branco uma flor da quaresmeira. Tudo no meio, os pratos em volta. Para quê? Ele nem vai perceber, é capaz que derrube a água do vaso na mesa e emporcalhe mais a toalha, mais do que nos outros dias. Nem ousava dizer que ele deveria tomar um banho; tinha posto um sabonete novo no banheiro, roxo, da cor das flores da arvorezinha pequena. Olhava para ela agora. Como ficara feliz no início da tão pequena florada. Gostaria de ter comentado o assunto, mas ele não acharia graça. Gostaria de lhe ter mostrado o cachorrinho brincando com o espantalho amarelo – quase que o arroz grudou no fundo da panela de ferro, enquanto ela se ria para dentro, em conseqüência daquela esperteza. Mas ele continuava com aquela música horrível e não via nada.

Ouvia o barulho dos pratos que estavam sendo empilhados sobre a mesa. Sua vontade era a de pegar o seu e continuar sentado no degrau. Sem olhar para ela, para seu braço roliço, mesmo depois de trinta anos. Como gostaria de dizer que estava bonita, com seus cabelos de franja comprida que insistiam em cobrir os olhos castanhos que tanto o seduziram. Esses olhos estavam frios, distantes; cada vez mais, agora que um por um os filhos se tinham ido para suas novas vidas. Com certeza seria obrigado por ela a lavar as mãos com o sabonete roxo que ele lhe comprara, para sentir seu perfume de longe, pois mesmo que ela não quisesse, conseguia, sim, provar de seu corpo à distância, sem ser notado.

"Tá pronto. Lava a mão." Já sabia. Eram sete horas. No céu carrancudo, uma frincha de luz quebrava o protocolo e iluminava a janela sobre a pia de louça por limpar. Seria bom se tudo o que estivesse fechado hermeticamente pudesse ser aberto para conhecer horizontes maiores, mais claros, mais risonhos. Eram sete horas. Hora de sentar-se à mesa e procurar não limpar a mão na toalha xadrez. Gaita de lado. O que se ouvia, naquele fim de quarta-feira, era apenas o barulho de duas pessoas mastigando, sentadas frente a frente, além do latido do cachorrinho, que não se conformava com a cara de ironia do espantalho, ao lado da quaresmeira florida.

Tomates secos

Estavam feios. Quase verdes alguns; outros, maduros demais. Frustrada diante da barraca de tomates, não perdeu as esperanças de colocar em prática aquela receita do caderno de folhas amareladas que sua mãe havia lhe dado junto com os cabides. Ela, sim, sempre conseguia pensar em tudo. Impressionante a falta que cabides faziam; como não se lembrou disso durante todo o período de intermináveis listas de tudo o que certamente seria necessário?

Escolheu alguns bem vermelhos e foi colocando-os na sacolinha de plástico. Sempre tão coerente e racional para resolver os problemas do escritório, achava-se completamente inábil frente à tarefa que se resumia à escolha de tomates. Vontade não lhe faltou de consultar a senhora tão prática, a seu lado, que parecia ter certeza absoluta sobre os que seriam aproveitáveis ou não. Mas sentiu-se infantil, frágil, ignorante. Nem a vontade de agradá-lo suplantou esse descrédito de si mesma. Precisava provar-lhe auto-suficiência, mas só tinha vontade de largar a sacola transparente ali mesmo e sair correndo.

Mais acanhada sentiu-se quando duas lágrimas emergiram e suicidaram-se. O que diriam os que estavam à sua volta? A senhora de cabelos azulados foi discreta, mas o garotinho que acompanhava a mãe não conseguia deixar de encará-la. Por que as pessoas não cuidavam de suas próprias vidas? Ele merecia todo esse sofrimento?

Ficara mesmo emocionada com o convite: ir ao cinema e depois experimentar as novidades do restaurante, cujo jardim fora cuidadosamente reformado pelo tal arquiteto francês. Ainda no chuveiro, ficou sabendo que a sessão seria dali a vinte minutos. Nem os cabelos molhados a incomodaram. Sentia-se rejuvenescida, olhos brilhantes. Ela tinha sugerido o filme, mas qualquer um serviria. Vestiu aquela saia nova que lhe destacava a silhueta magra e calçou as sandálias de salto alto que lhe proporcionavam elegância longilínea. Achou-se linda e escolheu o perfume que sabia ser do agrado dele.

Gostou da história; fugia daquela ditadura dos filmes americanos. Inteligente, propunha um elogio à sensibilidade, ao prazer de tocar a vida. Estava realmente à cata desse ideal. Por que as pessoas teimavam em reivindicar a mesma violência e o mesmo tédio de suas rotinas em seus momentos de lazer? Apostava como ele havia apreciado; até ali, tudo parecia ir bem. Chegou mesmo a comover-se com a música reconfortante do final; há tempos não se sentia tão leve.

"Nunca mais deixo você escolher o programa", foram suas palavras, quando já estavam sentados nas cadeiras de palha do restaurante à luz de velas. Engoliu em seco. As chamas confundiram-se com o gosto do *carpacio* e a alvura do sorriso dele. Tinha dito aquilo em seu costumeiro tom de brincadeira, com aquela cara adorável que há muito ele não vestia. A mesma fisionomia lhe convidara para o cinema, para o jantar; naquele momento, parecera-lhe que nem tudo estava perdido.

Sentiu-se constrangida, mas sorriu; tomou um gole de vinho para acalmar-se, a noite prometia ser maravilhosa. E assim aconteceu o turbilhão de mágoas, o elenco de queixas que iam desde os gastos exagerados com o supermercado da semana, até as caras de antipatia, naquele almoço japonês, na casa dos antigos amigos da faculdade. Como, se conseguira policiar-se para demonstrar um à-vontade diante daquela gente esnobe, fútil? Lembrava-se de se ter esforçado para descobrir assuntos que lhes agradassem, de morrer de rir de suas piadas sem graça, de dizer maravilhas do peixe cru que lhe dava engulhos. Como são tortuosos os caminhos e como é difícil administrar os buracos do calçamento.

Não lhe foi possível gostar de mais nada; foram em vão os trabalhos do tal arquiteto com suas preocupações de luzes indiretas e plantas exóticas. De repente o jardim lhe pareceu fúnebre, e o calor das chamas que dançavam à sua frente sufocaram-na, fazendo com que a sombra de seus cabelos ainda um pouco úmidos espelhasse seu coração em frangalhos.

Aquela fileira de dentes brancos perfilados na boca à sua frente falava sorrindo, falava doce. Como simples frases justapostas podem ser tão irônicas? Sorrisos transformam-se em armas letais e suas conseqüências são imprevisíveis.

De maneira gentil, mesmo diante das lágrimas suicidas na cara estatelada na cadeira de palhinha, finalizou a noite com um beijo terno em sua mão tensa e suada, desafiando-lhe para que se aventurasse a fazer tomates secos, parecidos com os da nova versão do cardápio que haviam degustado. Quem sabe não daria certo se ela experimentasse a receita do caderno de folhas amareladas, que lhe fora dado junto com os cabides. Poderiam convidar os amigos da faculdade; seria uma bela retribuição! E os olhos dele sorriam...

Ser poeta

Viajantes solitários caminham na escuridão de seus mistérios, de suas incongruências. Arrastam-se em pântanos fétidos e magoam-se nos espinhos da cegueira e da ignorância. Muitos perdem-se, desviam-se de suas rotas e caem no abismo. Outros buscam fiapos de luz e prosseguem, determinados.

Os que continuam a jornada, abatidos, ainda tropeçam e levantam e desmoronam, seguindo a trilha luminosa que, para eles, tende a apagar-se a qualquer momento. O vigor de suas ideologias é ínfimo e insuficiente para manter dentro deles a chama acesa e viva. Vários desistem.

Entretanto há uns poucos que, corajosos, prosseguem destemidos. O atalho pouco iluminado incentiva-os a procurar maior claridade; além disso, a força interior que deles emana os impulsiona sempre para frente. Encontram outros enfrentando os mesmos desafios e irmanam-se na jornada. A força torna-se maior e o atalho vira estrada. Muito conhecem e compreendem pelo caminho, pois embala-os a poesia do Amor, vislumbrada apenas pelos que estão chegando ao fim do trajeto.

Neste momento, a luz reflete fisionomias brilhantes, semblantes translúcidos de alegria perene, própria dos que, na vida foram Poetas e aspiraram os perfumes do Paraíso.

Enigma

A resposta foi ininteligível. As palavras sucederam-se semelhantes àqueles filmes depois de cujo final ninguém ousa dizer que não entendeu. É no mínimo ultrajante ignorar o significado da arte dita surreal. Pronunciou uma frase longa, desviando o olhar costumeiramente vivo e arregalado. Lá fora, helicópteros sobrevoavam o local e cooperavam com ela, fazendo com que os três ocupantes daquela sala extraviassem suas atenções para a janela escancarada. Tudo contribuía com seu objetivo de não-dizer. O ar parado e morno invadia o raciocínio preguiçoso e o cheiro inconfundível do café depois do almoço convidava para um cochilo.

Porém, era por demais importante que a mãe soubesse o que a filha tinha em mente e refez a pergunta. E a repetição do não-dito foi inevitável. Muitas vezes ela lhe parecia o espelho do pai. Tão racional e habilidoso, sabia subtrair-se com esmero quando se tratava de não se fazer compreendido. Eram os dois uma espécie de cúmplices nessa arte de esconder-se à vista de todos. Não lhe passaram despercebidos os olhares enigmáticos de ambos após aquelas duas respostas. Quanto mistério subjacente a uma simples conversa familiar, à mesa de refeições.

Percebeu que não adiantaria uma outra indagação. Unidos estavam eles, muito mais que pai e filha e ela jamais conseguiria quebrar os laços abstratos daquele completo encontro silencioso. Por mais que quisesse, por mais que julgasse ser seu direito. Por mais que concebesse a idéia de que sua menina nunca deixaria de estar ligada a ela numa placenta abstrata, só possível de ser estampada numa tela de Dalì, ou nos enredos que objetivassem expressar todo o sentido caótico do viver, sem que nada fosse, de fato, explicado, deglutido.

A terceira pergunta ficou no ar, zombando marotamente de sua cara enrubescida, por sentir-se flagrada em sua trajetória de incertezas. E o cuco da sala repetia, friamente, que o assunto estava encerrado. Serviu-se ainda de mais uma xícara de café e ficou a olhar atonitamente os helicópteros que sobrevoavam a cidade, cada vez mais cinzenta.

Carta de achamento do Brasil

Esta terra, Senhor, pareceu-me que da ponta que mais contra o sul vimos até outra ponta que contra o norte vem, de que nós deste porto avistamos, é tamanha e tem tantas belezas, que é difícil reportá-las a Vossa Majestade. De ponta a ponta, é tudo terra muito chã e mui formosa.

Nesta região tropical, pareceu-me, entretanto, que os que comandam quase ignoram a importância desta natureza pródiga: nas florestas, sangram árvores seculares, chorando pela irresponsabilidade dos que só enxergam cifras e lucros; nos rios gigantescos, morrem infinitas quantidades de peixes, encharcados pelo derramamento irresponsável de produtos químicos; outros tantos animais estão quase em extinção, em conseqüência da avareza daqueles que se conduzem vislumbrando os benefícios oriundos da matança cruel.

Águas são muitas; infindas. E em tal manei-

ra é graciosa a terra que, querendo-a aproveitar, dar-se-á nela tudo, por bem das águas que tem. Curiosamente pude notar, porém, que nem sempre esta água está beneficiando igualmente a todos: em certas regiões, homens, mulheres e crianças com cara de dor andam quilômetros para comprar o líquido essencial para sua sobrevivência. Isso é estranho, pois em vários pontos, essa mesma água é usada para lavar carros e calçadas, de maneira cristalina e após tratamentos caríssimos.

É um povo acolhedor o que nestas plagas vive, Senhor. E ingênuo também. Trabalha de sol a sol no campo ou na cidade, enfrentando as dificuldades dos preços baixos por seu serviço precioso na terra e as filas e os congestionamentos dos grandes centros. Está perdendo lugar para a máquina que não adoece e nem exige licença a cada filho que nasce, está sendo subestimado em conseqüência do estudo que não teve e das oportunidades que passaram longe de sua casa alugada. Mas esse povo é corajoso, Senhor. Acredita de boa fé no discurso dos palanques, nas promessas de uma vida mais digna, mesmo que as manchetes que muitas vezes não entende, por não ter ao menos aprendido a ler, afirmem que o dinheiro suado que ganhou não foi suficiente para a comida do mês. Continua acreditando e lotando praças, ouvindo os padres missionários que o estimulam a ter fé e sonhar, pois também há muito sonho neste lugar abençoado por Deus.

Vale dizer, então, meu Senhor, que esta terra é sinônimo de poesia, daquela poesia cuja realidade não fica só nas palavras douradas dos compêndios, pois a paz da natureza exuberante parece concentrar-se em cada ser e em cada coração daqueles que se emocionam toda vez que soam os acordes de seu hino nacional.

Autopsicografia

E assim, nas calhas de roda
Gira, a entreter a razão
Esse comboio de corda
Que se chama coração.

Fernando Pessoa

A pergunta tinha sido muito clara. Como o semblante dela estampasse surpresa, ele repetiu: "Você não é a do Fernando Pessoa?"

Alguns anos haviam transcorrido, uns três ou quatro. Inútil e monotonamente ela freqüentara aquelas aulas do curso de italiano. A melodia das palavras encantava-a e a cultura associada a todas aquelas conversas descomprometidas estimulava-a a continuar, perseverante. Diziam que era preciso pensar em italiano, o que tornava o aprendizado ainda mais doloroso. *È vero!*

Um a um seguiram-se os estágios e encontraram-na lá, com boa intenção e péssimo domínio da língua de Dante. De repente, um professor animado e de gosto exótico surgiu com mania de música e poesia. E animou-a com análise de textos e discutiram sobre a heteronímia pessoana, sobre o ridículo das cartas de amor de Álvaro de Campos. O italiano foi apenas um detalhe, pois o assunto surgia e tinha que ser trazido à tona. A literatura invadiu a minúscula sala onde os tempos verbais a tinham encurralado e tornou-se agradável pensar, em italiano, no filosofismo, nos sonhos, na irritação e na serenidade do poeta português.

O cotidiano sem graça tornou-se misterioso naquele mundo em que o artista desmascarava a realidade, comprometendo-se com a magia indispensável ao real sentido da vida. Foi um tempo de epifania, momentâneo, no entanto. Metódica, a rotina seguiu seu curso com uma lista enfadonha de sinônimos e plurais, de pronomes reflexivos e preposições.

Mais tarde, arquivou cuidadosamente aquele diploma que atestava seu talento incontestável de um usuário habitual de mais uma língua estrangeira. Guardou-o com certo escrúpulo, mas não sem uma ponta de orgulho por saber tão bem administrar a ingenuidade de todos aqueles que cooperaram para que ela o pudesse ostentar e exibir.

E assim, depois de todo aquele tempo, encontrou-o, sem querer, o professor que a identificou como "a do Fernando Pessoa". E a essência do que é verdadeiro escancarou-se a sua frente, deixando-a mais surpresa que a pergunta formulada tão espontaneamente. Sentindo-se privilegiada com a caracterização, só lhe coube responder que sim, tendo certeza de que, se não aprendera suficientemente a língua italiana, pelo menos soubera captar o sentido universal da herança poética que aponta, no homem, o sincretismo da emoção-razão para a total compreensão de sua existência.

Magia dos copos-de-leite

Seus olhos não paravam de lacrimejar. Há tempos que isso acontecia quando estava tensa. As mãos suadas também eram reflexo de sua ansiedade. Deixara para colocar a roupa de crepe quase na hora. Não se lembrava da última vez que usara um vestido novo. Era salmão, muito simples, mas tinha gola de renda. A filha caprichara ao insistir em dar-lhe um presente tão especial; a data o exigia.

Ela era a mais velha de seus sete filhos. E estava radiante com os preparativos. Viriam todos os outros, os vinte netos, mesmo o menorzinho de dois anos. E os amigos da região, quanta gente conhecida durante os cinqüenta anos de casamento naquela mesma chácara.

Tempos difíceis passaram ali. Aos dezenove anos, as duas meninas já lhe exigiam noites e noites de vigília; quase morreram de escarlatina. Desde aquela época, fazia queijo e doce de leite. Para vender. Às vezes, também de abóbora e de goiaba. O que fosse possível; os dedos queimados nos grandes tachos revelavam a dureza de sua rotina. Entretanto, não era à toa que a fama de seus doces espalhava-se, ainda, cada vez mais. Só mesmo uma das netas herdara dela esse gosto de fazer poesia grudada no fogão; afinal, eles acompanhavam suas alegrias e contavam sua história.

Tinha feito várias compotas para a festa. O marido não pôde nem ajudá-la dessa vez. Era ele o responsável por colocar os doces nos potes; gostava de enfileirá-los por cor. Anteriormente também fazia os rótulos e escrevia-lhes os nomes com sua letra grande e redonda. Hoje, o neto que trabalhava num escritório na cidade próxima é que lhe trazia as etiquetas feitas no computador. Ele só tinha o trabalho de colar. Sobrava-lhe tempo agora. Há muito que se aposentara do trabalho na roça. Às vezes ainda era chamado para curar um bezerro ou fazer uma cerca, mas as dores nas costas não o largavam mais. Entretanto, ajudou a matar o boi para aquela noite. Um boi inteiro foi necessário.

Lembrava-se dos meninos já crescidos e esfomeados. Nada os saciava e o dinheiro era curto. A sorte era a horta que sempre ia tão bem e o pomar de laranjeiras. As melhores da região. Mas carne, só de vez em quando na mesa. A mulher, às vezes, criticava-o por vender sempre toda a lingüiça que fazia; se não fosse assim, como sustentar aquela família enorme?

Ele também parecia nervoso. Arranjaram-lhe terno e camisa. E sapatos novos. Certamente lhe apertariam os pés acostumados com as botas gastas, mas não iria desgostar os filhos que o queriam elegante. Vestiu-se devagar e penteou bem os cabelos. Sempre teve dificuldade em ajeitar os fios lisos e agora bem prateados. Penteava-os várias vezes por dia, daí o pente cotidiano no bolso da camisa. O espelho oval do quarto refletia seu semblante brincalhão, o nariz que parecia não caber no rosto e os olhos que deram para lacrimejar. Anos e anos de convivência com a mulher tornaram-nos parecidos até nisso. Só que ela era mais séria, compenetrada, apesar de estar sempre sorrindo.

O sorriso dela deixava mais bonito o vestido salmão. E a chegada dos dois à igreja foi anunciada pelo coral de velhinhos que tanto ensaiara, especialmente para aquele momento. Antes deles, entraram os sete filhos casados e os netos. Mulheres de um lado e homens do outro, todos com um copo-de-leite na mão. Até o garotinho pequeno. Passaram no meio das flores que se cruzaram no corredor enfeitado. E os copos-de-leite exalavam um perfume que perpetuaria, para todos ali, inebriados de tanta emoção, a idéia de que, na vida, quase tudo passa impetuosamente, acaba sem pedir licença, e que só o amor permanece. Puro, ingênuo, perene.

Busca

> *Eu não era*
> *Tive então de encarar a Vida.*
>
> Pablo Neruda

Só via um brilho morno latejando. Pulsando. Numa tentativa de ser, de tornar-se.

Uma atmosfera aconchegante embalava-o com carinho e desvelo desconhecidos, e eu deparei comigo. Senti não só medo da luminosidade ofuscante, mas também um desejo incontrolável de compreendê-la. Fechei os olhos e olhei de novo para mim. Percebi que não poderia me acomodar, que não poderia apenas estar.

Conquistei, então, aquilo que chamavam mundo, com a vontade que descobri possuir e sofri. Muito. Fiquei magoado, ferido, mas o desalento me acalentava a continuar minha busca. O mundo inteiro não era suficiente; apesar de ter acumulado riquezas cobiçadas por tantos outros que encontrei durante a caminhada, senti que ainda continuava insatisfeito. Não entendia por que havia aquela sensação de aperto, de desconforto de mim para mim.

Entretanto, aquela luz ainda brilhava, iluminando pedaços soltos, fragmentos daquilo que era eu e eu não sabia. Os descaminhos eram grandes, nada parecia ajustar-se, decifrando meu enigma. Então conquistei outro espaço, imenso, quase infinito. Cheguei a ele e continuo escalando seus mistérios, mas tenho para mim que o melhor que já me aconteceu foi o encontro comigo.

Tentação

> *Ela estava com soluço. E como se não bastasse a claridade das duas horas, ela era ruiva.*
>
> Clarice Lispector

Tinha apenas nove anos e várias sardas no rosto redondo. Tinha também um cabelo ruivo que lhe dava certa aparência de constante agitação, energia. Mas os olhos eram azuis, plácidos, meigos. Paradoxais.

Seguia com passos enérgicos atrás da professora decidida e corajosa; afinal, não era fácil ser guia de um grupo de vinte crianças de nove anos, numa feira de livros. Fazia um calor abafado que não combinava com seus objetivos culturais, principalmente numa terra de raro compromisso com a palavra. A regra era valorizar a práxis, a ousadia do projeto gráfico, a tecnologia da imagem, da mídia visual. Entretanto, aquele grupo de vinte e uma pessoas afastou essa mercadoria palpável do mundo materializado e ingressou no espaço onde se viam livros por todos os lados.

Por um momento, aquela professora dedicada arrependeu-se de sua iniciativa. Era uma multidão de seres famintos de uma realidade escondida por trás das frases, dos versos, das entrelinhas. Conferiu sua responsabilidade enorme e foi seguindo e reunindo aqui e ali aquelas crianças ávidas por descobrir todo o mistério sobre o que ouviram falar, antes do passeio, àquele mundo de sonhos. Entretanto, desiludiu-se gradativamente. O seu grupo de futuros adultos vasculhava as prateleiras à cata de uma capa sugestiva, ou de páginas coloridas e ilustrações bem feitas.

Nesse estado de frustração, sequer notou a garotinha de cabelos vermelhos sentada no *puff*. Enquanto os outros se acotovelavam na fila do caixa, exibindo suas novas aquisições, ela saboreava com seus olhos azuis o sentido das palavras que a enchiam de curiosidade. Leu diversas vezes o trecho para sentir totalmente o conceito de "quimera". Repetia alto a palavra, mas ninguém notava, com aquele barulho de vozes e pés, no chão de madeira e de lata. Quimera, quimera, repetia, agradando-se com a seqüência de sons que pareciam dizer maravilhas. Continuava a ler e voltava para repetir a palavra que tanto a surpreendera. Parecia-lhe alegre, diferente de "enternecida", de conotação melancólica, diferente de "incoercível", de tom assustador. Mesmo sem compreender suficientemente o verdadeiro sentido daqueles vocábulos, apreciava-os e via-os dançarem a sua volta, brincando com as pintinhas de seu rosto de menina sardenta. A emoção era tão forte, que o vermelho de sua personalidade parecia ainda mais vivo, tentador. Foi transportada para outra realidade e nem se deu conta de que sua professora, desesperada, à beira das lágrimas, procurava-a no meio da multidão inebriada por capas e títulos.

Quando, por fim, encontraram-na, as outras crianças já estavam sentadas em seus respectivos lugares, naquele ônibus que as levaria de volta. Nas sacolas de plástico, iam os livros adquiridos que a menina ruiva deixara de comprar. Todos carregavam seus sonhos empacotados; só ela, porém, entendera a lição da professora bem intencionada e repetia, baixinho, a palavra que tanto a seduzira: quimera...

Coisas de amor

Uma multidão não pensa. Só caminha. E congrega anseios, delineia sonhos. O raciocínio é próprio do ser único que se agarra às conjecturas da vida e procura uma estrela.

Uma multidão observa, mas não pensa. Empurra descaminhos, afasta desenganos, persegue fantasias. Anda em grupo e o grupo apenas anda. Uma multidão reúne dores, alegrias, capta esperanças, neuroses. Uma multidão só caminha. Em linha reta, para frente, para trás. Fazendo curvas ou voltas inteiras. À toa, convicta, em espiral.

Uma multidão não pensa, só caminha, porque é compacta demais, aflita o suficiente para só caminhar. E por isso não pensa. Mas sonha.

E os sonhos são translúcidos, são perfeitos. Não são reais, todavia. Metáforas inteiras de homens e mulheres em busca de um ideal, no afã de se conhecerem, de se encontrarem consigo mesmos.

O pensamento surge no íntimo, surge na alma desses tantos indivíduos solitários em meio à multidão que não pensa, mas sonha. E o pensamento é complexo e se mistura e se embaralha e forma fantasmas nebulosos que se esvaem nas profundezas do eu. E o homem solitário sofre e apóia-se na multidão que caminha, mas não pensa. Apóia-se no compacto que lhe dá forças e o ampara. Tateia como cego e encontra o outro que o protege e o conforta e o impulsiona para o devaneio, a fantasia. E vê a luz no meio da multidão de gente que se empurra e se afasta e se aproxima e se abraça.

Uma multidão que não pensa, mas ama.

Identidade

O espelho não reflete o que eu gostaria de ver. A imagem está manchada, defeituosa, partida. Traços coloridos sobrepõem-se, mas mesmo assim a figura estampada parece esmaecida, desbotada, sem vida.

O tempo passa deixando rastros e marcas. Esses são evidentes, corrosivos. E machucam. Quantos daqueles sonhos antigos se desfizeram? Não há mais tempo para eles; não sobrou espaço. Não teriam proporcionado alegria? Sorrisos? Gargalhadas?

Entretanto, há momentos em que a harmonia sugere agressividade, barulho, por que não? Quem iria valorizar a serenidade não existissem os desajustes? "Briga perdoa perdoa briga". Trabalhei muito, desfrutei pouco do aconchego das pessoas queridas; tropecei nos trajetos, tão veloz foi minha caminhada; não vislumbrei bem as melodias, nem ouvi com propriedade os aromas que o tempo me proporcionava. Busquei realizações sem cuidar de preocupar-me com o que estava a meu redor, escandalizei o mundo com minhas idiossincrasias.

Talvez agora a harmonia sugira outra dimensão, pois minha máscara caiu. Olho de novo para o espelho. Ainda há reflexos bonitos, colorindo o que parece não ser eu. Percebo, então, que não me estou reconhecendo, pois vivi o tempo todo encobrindo a imagem do que sou, daí a figura sem brilho. É só questão de tirar o pó, polir a alma. Afinal, procurei sempre ser tão carinhosa, gostei tanto de que minha dedicação proporcionasse momentos felizes, fiz tantas comidas que deram água na boca e ainda sei tantos poemas de cor...

Sem querer, olho mais uma vez para o espelho. Neste momento, a música é doce, o aroma, macio e a imagem sorri para mim. Os violinos parece que substituíram os tambores.

Imponência do sisal

Quando se deu conta, já estava do outro lado, ajoelhada sobre o tapete áspero que lhe sugava as forças. Tudo fora tão rápido! O sol ainda muito tênue não emprestava ao dia esperanças de um fim de semana aproveitável. Interessante como os meteorologistas gostavam dessa palavra: aproveitável – usavam-na sempre que possível, estabelecendo limites rígidos para as opções e utopias dos que neles depositavam seus presságios.

Teria feito a escolha certa? Sabia que, como no mundo literário, construía-se a si própria, estabelecendo metas, impondo-se obrigações, criando o seu personagem mais sedutor: ela mesma. Com carinho foi traçando-lhe o perfil, questionando-lhe algumas atitudes irreverentes, descabidas aos olhos de muitos. Com mania de perfeccionismo, edificou sonhos em uma pirâmide de vidro e não se preocupou com a altura e com o medo de cair de lá de cima.

Tudo parecia tão claro! Subindo e descendo as escadarias bem projetadas de seu cosmos, encontrava gente e sorria. Na maioria das vezes, sentia-se uma Macabéa cariada e procurava ouvir o barulho oco de seu coração solitário. Muitos nem a notavam.

Para aquela manhã, tudo tinha sido cuidadosamente planejado. Levantou cedo e arrumou-se com esmero. A reunião estava marcada para as sete. Não tão cedo para quem se acostumara acordar ainda no escuro. Isso, é claro, não fora sua escolha. Nunca fora sua opção levantar-se antes mesmo do sol. Não parecia lógico. O pão com manteiga gelada também não parecia combinar com o cheiro quente do café. Mas gostava dessa sensualidade que as coisas lhe proporcionavam e apreciou cada momento, cada instante. Pretendeu apreciar, pelo menos. Folheando os jornais – agora recebia diariamente dois – cumpria sua obrigação de fotografar com os olhos as curvas coloridas das pesquisas e estatísticas, às vésperas das eleições, os contornos do mundo à espreita de outra guerra, os necrológios, a coluna social e as atrocidades das ruas. Tudo ao mesmo tempo misturado à conversa insossa, pois o dia ainda não havia propriamente começado. Mas viver era urgente e no afã de escolher certo mais uma vez, do topo de sua pirâmide de vidro, rejeitou o "aproveitável" da previsão, misturou as várias curvas das pesquisas eleitoreiras, aterrissou de barriga juntamente com os nervosos passageiros do avião do jornal, comeu canapés sem graça no *vernissage* badalado do dia anterior, chorou com os que perderam entes queridos, juntou as redações que iriam ser selecionadas na reunião das sete, tomou o café já frio, pegou o elevador e atravessou a porta envidraçada, esquecendo-se de perceber que ela estava fechada àquela hora.

Olhando a seu redor, via lascas de vidro por todos os lados, como se seu mundo estivesse aos estilhaços, desmoronando sobre suas previsões. A vista estava turva e a cabeça rodava; a roupa cuidadosamente pretendida para a ocasião estava rasgada e suja de sangue. Ainda procurou fugir do capacho e ficar em pé. Mas o tapete áspero não lhe permitiu sair dali.

Ao chegar ao hospital, ficou satisfeita, pois o médico lhe dissera que o pé de onde esguichava o resto de sangue ainda seu estava salvo.

A porta de vidro nova recebeu uma fita adesiva vermelha, em toda sua largura. As redações ganhadoras do concurso foram escolhidas sem seu voto, os dias subseqüentes continuaram aproveitáveis, o candidato da oposição venceu a eleição, a guerra ainda não começara. E o tapete áspero continua lá, para que os pés das pessoas possam estar limpos antes de elas entrarem em casa.

É tempo de jabuticabas.

Marca de campeão

Até catando aquela bola no gol não parava de pensar no assunto. Como inventar uma frase? Menino guloso de sonhos. As idéias remexiam-se e atrapalhavam-no. E a torcida adversária comemorava mais uma falha do pequeno goleiro estatelado no chão. Nada de contar a verdade... O final do campeonato e a vaga de titular estampavam-se, iluminando-lhe perspectivas e fantasias. O calção dançava no corpo magro. Era o menor, onze anos incompletos, mas no fim do ano já teria mesmo onze. Só assim lhe permitiram integrar o time, todos maiores, de doze e treze. A professora que lhe incentivara também gostava de seus argumentos, convidava-o a ler e a escrever muito; emprestava-lhe aqueles livros todos que ele devorava, um a um, quando os irmãos já estavam dormindo. Saboreava-os. Até ficara algumas vezes tentado a faltar nos treinos para acabar alguma história que deixara no ar. Por que será que o pai não gosta dos livros? Só mais um pouquinho, um pouquinho de nada... Tudo em vão; com cara de já falei e andando duro, levou a vela embora. Só pode ser porque ele diz que sabe e não sabe. Nem com a promessa de que iria levantar mais cedo para ajudar a tirar o leite. E faltavam duas páginas apenas para acabar o capítulo; parecia até que a inspiração para escrever a frase estava chegando...

Tiraram bruscamente a bola da mão do goleiro de uma luva só. Talvez seja melhor não ter do que perder. Esforçou-se em arranjar uma desculpa disfarçada; ninguém saberia que uma idéia mal esboçada fora a responsável por aquela falha sem perdão. Levaram a bola da mesma maneira que o pai sumira com o toco minúsculo de luz, na noite anterior.

Não conseguiu aprisionar as lágrimas que desciam pelo rosto suado. Mas eles não perceberam.

– Eles vão ver que eu vou fazer falta na decisão!

Subiu a ladeira de terra voando. A chuvinha fina misturava-se com sua tristeza e lavava-lhe a alma. Alma cheia de barro, ferida como os pés descalços tão ágeis e machucados.

Foi aí que escreveu a frase para o concurso do Ministério da Cultura: "Estudar é ter certeza que conquistaremos algo que ninguém poderá nos tirar." De coração pesado, desceu de novo a ladeira, escondendo sua idéia no bolsinho do calção ensopado. A professora deve estar ainda lá, vendo o jogo! Entregou-lhe o papel com ar de revolta inflexível e foi nadar no riachinho atrás da escola. Evitou os olhares de reprovação dos meninos que estavam por ali e mergulhou no fundo raso, brincando de olhar o mundo.

Quando chegou de viagem carregando um dos pacotes embrulhados com papel pardo, nem acreditou. Até o pai estava na rodoviária. Todos os meninos do time. A diretora. Os irmãos menores. E a mãe segurava o jornal com a fotografia dele na capa. Dele e da professora no avião. A custo conteve a emoção, mas quando o pai lhe deu um abraço – talvez o primeiro em toda a vida – chorou e chorou. Comovido; nada constrangido. O dinheiro do computador do concurso dava até pra comprar um lote de terra pequeno. Afinal, o que fazer com o progresso onde a vida chega tão atrasada?

À noite, foi-lhe permitido ler até mais tarde. Isso depois de contar como é o mundo visto lá de cima, além das nuvens, além da rotina daquelas pessoas de alma enlameada. Todos o ouviam extasiados, surpresos, medrosos de só imaginar.

No final do campeonato, foi o goleiro escalado. E jogou descalço, mas com duas luvas novinhas. Tinham sido presente do pai.

Primavera

Se a gente gosta, a gente olha muito. Era só o que me ocorria naquele momento, abraçada às minhas margaridas.

Ainda faltava uma hora para o encontro marcado, e a vida procurava provar que os sonhos não envelhecem. Resolvi caminhar. Tinha vindo de carona da Cidade Universitária, onde dera uma palestra sobre a Semana de Arte Moderna. E assim, impregnada de espírito iconoclasta, permitia-me, a exemplo de Mário de Andrade, cantar São Paulo por dentro, a mesma cidade paradoxal, que há trinta anos fora responsável por meu destino solitário. Na esquina da Rua da Consolação, abandonei a sedutora idéia do metrô e tratei de sossegar meus pensamentos ao longo da Avenida Paulista.

Revi sua voz alegre de moço e escutei seus olhos doces naquela fase dos vinte anos; conheci-o estudante, no calor das conversas do centro acadêmico da Faculdade de Direito do Largo de São Francisco, prometendo-se a si e a seu país um mundo justo de cores mágicas e cheiro fresco.

Fragmentos vacilantes de idéias iam e vinham, enquanto caminhava pela avenida apinhada de pessoas de cabeça baixa. Num tempo em que a cultura marginal exerce fascínio, ninguém via ninguém; apenas caras abatidas rumavam, protegendo bolsas e carteiras e não admiravam o abraço das margaridas, minhas flores prediletas, em cada poste do canteiro central. A primavera precisava ser comemorada, mas as pessoas de renúncias cotidianas se tinham acostumado a olhar para o chão.

No entanto, minha alma tinha de permanecer arejada, afinal, dali a pouco aconteceria o que esperara tantos anos. Separamo-nos, quando ele foi para Londres, onde seria responsável pela filial de seu escritório. Pós-graduara-se em Direito Internacional e não poderia perder aquela oportunidade. E eu amava Literatura e segui minha carreira na USP. Acreditava poder transformar alunos em pessoas, para que a realidade deixasse de sempre sufocar e fiquei gastando meus anos, apostando no valor das palavras. Olhava para os prédios envidraçados que abafavam o verde do Trianon e espelhavam a arquitetura tombada dos casarios da São Paulo de 450 anos; como somos incapazes de ver o avesso das coisas. Também fiquei de joelhos diante da Universidade e, apesar de não ter escrito nenhum *Macunaíma*, procurei incentivar o caráter brasileiro; por conta disso, o amor me escapou feito lágrima e os meus sonhos foram apenas de miudezas.

Demorei-me observando um dos painéis luminosos da avenida. Ostentava desde grandes promoções teatrais, até anúncios de minúsculos celulares. Lembrei-me, então, do telefonema do dia anterior. Não falara com ele desde o dia de seu casamento, na Igreja Nossa Senhora do Brasil. Lá, sufocada pelo grito rouco de meu coração angustiado, ainda nossos olhares se entrecruzaram, como que para selar aquele segredo sem palavras, que apenas os dois compreendíamos.

Viúvo, estava de volta e engajara-se num movimento de classe, visto estarem os advogados sem prestígio e dignidade. Não lhe morreram os arroubos de lutar pelo respeito e pela justiça. Entretanto, vencera o candidato de campanha milionária, que distribuíra canetinhas e arregimentara quem lhe patrocinasse a exposição em outdoors e malas-diretas e gritasse seu nome bem alto, à semelhança de uma lavagem cerebral.

Assim, como se fosse uma profecia das nuvens, a Avenida Paulista, palco de tantos eventos históricos da cidade tão amada, surpreendeu o reencontro de nossas almas que, de longe, já se beijaram com ternura. Um pouco grisalho, o mesmo moço de olhos doces me ofereceu um grande buquê de margaridas. Sem dúvida, o mundo é de quem compreende a epifania da Primavera.

Impressionismo

Prendeu a respiração. Fração de segundos. Como não reconhecer aquela fisionomia? Aqueles mesmos olhos tristes que pareciam desnudá-la? O ambiente até há pouco monótono e extravagante passou a ter um espantoso significado. Era só esquivar-se em meio à ostentação daquela gente tumultuosa, que ria sem saber do quê, fulgurando as banalidades de suas conversas superficiais. Olhou com jeito de não ver, de esguelha, e adivinhou o que não queria mentirosamente de maneira emocionada. E fixou-se no devagar da cerimônia, tentando distrair-se da agitação incontida. Percebeu, no vestido vermelho à sua frente, um botão aberto e outro tentando desvencilhar-se do fecho minúsculo. Conferiu dentes e sapatos, unhas e gravatas e, quase sufocada por suas próprias artimanhas, rejeitou qualquer outra distração artificial e olhou. Fundo. Permitindo-se a si própria uma liberdade jamais experimentada. Sentiu-se enrubescer e por pouco não caiu. Caminhou altiva. Sorte que a música que considerara estridente e irritante, alguns minutos atrás, acobertava o barulho rouco de seu coração assustado.

Subia com cara de sono as escadarias do prédio velho da faculdade, quando o encontrou, desleixado, abotoando o branco do avental com as mãos refreadas pela racionalidade científica. Botões não combinam com pilha de livros. Volumes de anatomia despencaram em sua direção, da mesma forma que o mundo da Medicina determinava o seu destino. E o olhar de olhos iluminados e tristes tirou-a do chão e transportou-a ao paraíso.

Naquele momento, perambulou por corredores abarrotados de vozes cotidianas e conhecidas, completamente desnorteada, mas convencida de que, em alguns minutos, soube muito mais do que aprenderia em seis anos árduos, preparando-se para a carreira promissora.

Admiração. Cumplicidade. Paixão. Mas sempre de longe. Um espaço enorme separava-os, a quase menina de dezoito anos e seu competente e compenetrado professor. Comprometido, confrontado, constrangido. Aquelas aulas teóricas eram música harmoniosa e suas almas entrelaçavam-se, acolhedoras. O não dito ficava evidente, escancarado, cada vez que os olhos se procuravam, rejeitando-se. A vida, às vezes, pode raiar numa verdade inadmissível.

Tomou um gole de vinho e aprumou-se. Depois de vinte anos, ainda captava perfeitamente o mistério desconcertante de sua tela, na retina de seu coração angustiado. As pessoas continuavam rindo ruidosamente, abotoadas em sua existência refletida nas bocas de tons cintilantes. Seu estremecimento não seria percebido. A não ser por aquele rosto agora mais grisalho, no silêncio das sintonias fugitivas que ambos concebiam.

Em rotação ininterrupta, a existência prosseguiu, e mais uma vez ela pôde constatar que tudo é efêmero, mas o efêmero, às vezes é divino.

Epifania

—Vinte e quatro cores. – Disse apenas isso ao moço do outro lado do balcão.

Sempre em contato com a natureza, mesmo no meio de várias tonalidades de cinza. Até a TV exibia tudo em preto e branco, mas não havia TV na casa de dois cômodos e cinco filhos. Tinha paixão por flores; regava-as cotidianamente e comprazia-se com a variedade de tons que tingiam o jardim modesto.

Primogênita, a ela cabia sempre a faxina da casa; trabalho interminável no espaço exíguo onde outras seis pessoas deveriam conviver e onde tinham toda liberdade de contrapor-se à sua dedicada arrumação. Era franzina. Apenas nove anos e compromissos de gente grande; entretanto, aquela rotina, que restringia sua vida à pequenez cinzenta de seu mundo de afazeres, era paradoxal ao colorido que insistia em atribuir às telas presentes em seus sonhos de menina de vida roubada. Além das florezinhas que enfeitavam seus pensamentos, alimentava seu não saber de nada naquele caderninho de folhas tão alvas quanto a inexistência de perspectivas para seu destino insignificante. Desenhava com avidez. E pintava. O pai de mãos rudes foi sensível ao perceber a importância de seus devaneios e comprou-lhe o caderno que ela economizava, minimizando os esboços de florescência singular. Também comprou-lhe os lápis coloridos, mas eram apenas seis e bem pequenos. Os matizes das entrecores, ela apenas sonhava-os, mas usufruía com tanta ternura os momentos em que as flores de seu jardim eram projetadas no branco puro, que economizava esses instantes para saboreá-los ainda mais. E as pequenas reproduções guiavam-na a mundos encantados e desconhecidos que só a ela pertenciam; lá a quimera e a magia transbordavam, mas apenas a pureza de sua alma era capaz de captar.

Não é à toa que o arco-íris aparece sempre depois da chuva. E a chuva, apesar de seus propósitos, é sempre uma marca de choro sentido.

Era a primeira vez que seu menino ia à escola. Estava mais ansiosa que ele. Compareceu no prazo marcado para a reunião com a professora e, atenta, ouviu com satisfação todos os detalhes da vivência que não lhe fora permitida, mas que ele experimentaria. Recebeu, juntamente com todas as instruções, uma lista de material datilografada, exígua para a vida colorida apresentada na TV, enorme para seu salário correspondente a muitas faxinas diárias, nas casas onde observava que o preto e branco já era coisa do passado.

Entregou a lista ao moço do outro lado do balcão, com orgulho. Ele nem mesmo pressentiu que ela só imaginava o que ali estava escrito. Mas também foi corajosa; preparou-se para a ocasião com alguns trabalhos extras. Ele entenderia a despropositada necessidade de explicar evidências. Levaria tudo. Entretanto, sentiu um excessivo capricho de esclarecer um único desejo e, sem nenhum constrangimento, como se já tivesse ensaiado o dizer há muito tempo, disse apenas isso: vinte e quatro cores.

No caminho de casa, um arco-íris imponente tingia o céu. É que tinha acabado de chover.

Claustrofobia

A realidade sempre sufoca. Sentada aqui, diante da mesa da cozinha, ainda com a louça usada no café, sinto-me desabar. A toalha manchada de *catchup* do sanduíche de ontem é a expressão de minha alma angustiada. As crianças já foram para a escola, brigando como sempre, para ver quem sentaria no banco da frente. Sete e oito anos de energia represada pela austeridade paterna. Acostumaram-se a ser invisíveis na presença dele, o que, parece, enche-lhe de alívio. Se fosse eu, preferiria ir bem quieta, no banco de trás, mergulhada em meus silêncios; são o melhor dos confortos e dos esconderijos. A conversa, na frente, deve ser calculada, com nuanças de segurar cristais. Esse é um dos componentes de meu desmoronamento físico e mental, pois a responsabilidade em dobro de tornar a vida de riscos doces pesa; estou exausta.

Poderia deixar tudo empilhado na pia, mas hoje a faxineira não vem e, depois, ainda haverá a louça do almoço. Bife com batata frita, arroz e feijão, é só disso que eles gostam e o fogão fica impregnado de gordura, como minhas quimeras, de cinza. Parece que a dor e a verdade gemem no barulho da torneira; que droga, a água sai fininho e não enxágua bem tudo tão empastado de sabão.

Devo arrumar as camas e abrir as janelas. Tristeza é feito pó; quando entranha, não sai mais. A falta da não obrigatoriedade de redigir também mexe comigo. Como estarão os outros que receberam, como eu, o gosto amargo da notícia? Dez anos de crônicas suadas que caíram em descrédito, no tempo de um suspiro. Ainda tentei argumentar, mas as respostas tiveram que ser pescadas no vazio. Minha alma também tem que permanecer arejada, afinal devo arrumar meus pensamentos, pois sinto que, se não o fizer, vou ficar apenas gastando os anos, enforcando minhas utopias.

O telefone está tocando; vou atender, mas estou descrente de que algum dos jornais para onde mandei meu *curriculum* me dê sinais de vida. Imagino que eles deletem na hora, antes mesmo de ler, todos esses assuntos relacionados à carência de emprego. Meus passos são largos e meu sangue, espesso e jovem; um certo perfume se insinua para dentro da sala, quem sabe...

 Minha mãe chegará no ônibus das dezoito e trinta e cinco. Devo estar com cara afável, pronta para carregar todas as malas e futilidades que ela gentilmente trará. Devo também instruir as crianças para que se vistam de cortesias, afinal há mais de um ano que não vêem a avó. Nem pelo telefone têm reforçado a obrigatoriedade de suas afinidades; isso, porém, não parece fazer diferença para ela. A noite que aspirava tenra e tépida será colorida de trivialidades e assuntos menores, entre alguns sorrisos débeis. Aliás, acho que saí do interior, de alma larga, mais para fugir da ausência da família do que para atender à chamada de meu posto de cronista do jornal, cujas exigências aprendi a respeitar. Muitas vezes, as narrativas se tingiam de um tom meio claustrofóbico, mas isso me parecia natural. Sentia-me miserável, mas, pelo menos por escrito, fazia jus a todos os direitos que me eram negados na vida real. Perdi tudo isso.

Enfrentamos nossos medos sem escolha. Pelo menos o cheiro do bife me invade os devaneios; não me posso esquecer de que as crianças o preferem bem passado e ele, meio cru, quase sangrando, como tem sido o cotidiano de nossa relação cada vez mais distante.

Perspicácia de arco-íris

Caminhava só. Ao longe, um arco-íris tênue, mas com bastante personalidade, comemorava aquele momento quase perfeito, não fosse a dor da solidão. Mãos ásperas, olhos ressequidos, coração em lágrimas...

Tinha sido um bom pai. Será que não? Aquele jogo de futebol frustrante, ele estava lá, torcendo e vibrando e chorando junto; afinal, nem sempre se pode ser um vencedor... Aquela prova de Ciências na Segunda, parecia cruel ficar sabendo o número de pernas da aranha no Domingo tão cheio de sol e de mar; não houve praia, ele estava lá...

O boliche sempre esperado, as noites mal dormidas para que pudesse estar a postos, na hora marcada, mesmo depois da semana cansativa. O ciúme da namorada, os papos "de homem pra homem", os receios, os medos, o orgulho e as frustrações; sem dúvida que ele estava lá...

Fora uma vida de pequenas concessões, de grandes alegrias, de coração desmanchando-se em carinhos e afagos, preocupações e egoísmos em meio a ventanias e temporais. Esse coração não soube como evitar os momentos de chuva e daí se machucou e adoeceu e sofreu de frio. Mas mesmo assim, ele estava lá...

Agora parece que há um vazio, um buraco no peito, uma desesperança maior que o mundo e a ingratidão. Como se ele sempre... Será?

Olha o arco-íris brilhante e toda aquela luz lhe ilumina a alma: não há lágrimas; parte de seu próprio ser transferiu-se, mora em outro coração; não ficou ausente de amor porque amou, mas pleno de felicidade por ter sido digno de demonstrar e transmitir o que de melhor pode haver num ser humano.

Com certeza ele sempre esteve lá!

Cochilo

Parecia estar sempre na contramão. Cabelo meio opaco e despenteado, procurava sobreviver no mundo em que a indústria de gel e condicionador marcava o passo e a identidade superficial de cada um. Sono absurdo diferenciava-o dos tantos outros que, avidamente, assistiam, perplexos, ao desenrolar do raciocínio científico daquele professor sério e exigente. Em seu cabedal de sapiência, não havia lugar para ele, desleixado e amante de ociosidades noturnas.

Era crítico de si, entretanto. Reconhecia, nos seus dezessete anos, a importância dos teoremas matemáticos e até ousava neles pensar, como num jogo, nos momentos em que o irmão bem comportado dormia pesado, sem questionar a claridade tênue da tela de seu lento computador. Isso sem falar do *rock* que escutava intermitentemente, para o desconsolo de sua mãe, amante de Chico Buarque. Também ela pretendia para ele uma vida mais bem estruturada. Sem o *rock* e a namorada linda, olhos acinzentados e meiguice semelhante à enunciada pelos poetas do livro de literatura que teimava em não levar para a escola, não haveria chance. Pensava nela o tempo todo e sentia tanta melancolia pelo seu descaso, que trocava o dia pela noite.

"Saia já da classe!" Já era a terceira vez, só naquele curto bimestre. Impossível fazer cara de sério, mesmo para aquele professor atencioso de olhos azuis, merecedor de todo o seu respeito. E o risinho irônico o comprometeria mais, mas não houve jeito: estampou-se em sua cara amassada pelo cochilo em hora imprópria. O pior é que se interessava pelo assunto; levou o caderno, onde anotara a questão proposta no início da aula, além da certeza de suas angústias e de suas pernas ainda meio bambas naquela calça de barra desfiada.

Lá fora, no banco de pedra, havia um silêncio grande, apenas comparável à tristeza que pôde constatar na figura do professor, que deixara atrás de si, impotente, com toda altivez de sua racionalidade.

Para espantar o frio do sol morno, sem o *rock* e sem a inspiração de olhos cinza, respondeu displicentemente as questões do exercício e dormiu mais um pouco, encostando os cabelos desgrenhados na solidez de suas incongruências.

O sino o despertou. Subindo as escadas de seu mundo de exclusão, recebeu advertência por escrito: para o dia seguinte, teria que dar conta do assunto objeto da aula que perdera. Deixou ali seu caderno com o que havia feito um pouco antes. Certo era que, se fosse folheado, lamúrias e rabiscos ininteligíveis adornariam o raciocínio objetivo e claro que estampara sem muita convicção.

Para sua surpresa, outras propostas desafiantes surgiram desde então. Com o *rock* de cabeceira e o computador ligado, procurava percorrer os labirintos de sua mente fascinada por aqueles números todos, que faziam de seus encaracolados cabelos loiros, uma moldura ainda mais engordurada.

No dia da formatura, quase penteado e, talvez, um tanto, tímido, para sua surpresa e de sua mãe desconsolada, recebeu o prêmio de Matemática que, coincidentemente, fora criado naquele ano. Entregou-lho um professor de olhos azuis.

Coisas de metrópole

Não parecia o barulho irritante do despertador. Era cedo; pelo menos uns seis minutos ainda poderiam ser bem aproveitados embaixo dos três cobertores, além do *édredon*. É certo que ali nem sentia o vento gelado, que dominava os que estavam do lado de fora da janela – esse revelava-se um pensamento confortante; tudo aquilo, no entanto, fazia-o acordar meio cansado, como se tivesse administrado um peso desmedido durante toda a noite. Mas, como ele dizia, era condicionado à ditadura da mulher, que gostava de sentir-se aquecida por todo aquele avalanche de cobertas.

O som intermitente continuava em intervalos de mínima freqüência e ele sabia que, se não fosse descobrir a causa do que o acordara seis minutos antes, em plena segunda-feira, ninguém mais o faria. Com esforço, livrou-se a um só tranco de tudo que o cobria e, descalço mesmo, saiu da cama entre azedo e furioso. Passou pelo quarto da filha, que dormia tranqüila, irremediavelmente distanciada da prova que faria dali a pouco e para a qual tinha tentado estudar com esforço durante o domingo inteiro – certo é que apenas após as seis da tarde. Tinha percebido a luz acesa até umas duas e pouco, além de uma conversinha ininterrupta ao telefone, que o despertava mesmo que colocasse a cabeça sob todos aqueles cobertores. No quarto do filho, a mesma situação de quietude. Dali a pouco estaria ele de pé, com cara amassada de sono, para que caminhassem por meia hora, como vinham fazendo já há alguns meses, dia sim, dia não. Chegou de fininho perto do despertador de números gigantes, ajeitado cuidadosamente à distância de um braço esticado e percebeu que o barulho não era dali. Agora, já ressabiado, caminhou pela casa ainda confuso, voltou para seu quarto e considerou que todas as outras segundas-feiras que abominara foram melhores que aquela que nem mesmo começara. Continuou sua busca e chegou à cozinha. Com ar de triunfo, percebeu que o inoportuno rumor provinha do interfone. Tirou-o o gancho, mas, mesmo assim, o som malfadado não cessava e impedia-o de saber o motivo de tanto tumulto antes das cinco e meia da manhã, naquele início de semana que prometia.

A essa altura, saiu correndo para desligar o seu próprio despertador e quase trombou com o filho, que já estava de pé, também assustado, mas ainda interessado no costumeiro exercício matinal, para seu desconsolo. Pretendeu saber do ocorrido com o porteiro, assim que descessem, e tratou de lavar o rosto e escovar os dentes. A água estava gelada e ainda não havia nem cheiro de café para aquecer pelo menos a alma. No escuro, vestiu-se com aquele *moletton* desbotado, mas que aquecia bem, calçou meias de lã, o tênis velho ultra confortável, vestiu um casaco impermeável, imprescindível caso garoasse e colocou o gorro preto. Na volta, com certeza seus cabelos estariam mais oleosos ainda e, apesar do frio, teria que lavar a cabeça. Encontrou o filho também de gorro, já na porta, mas, pelo menos, ambos estavam felizes, por terem conseguido a proeza de sair de casa antes das cinco e trinta e cinco. Assim caracterizados, meio mal vestidos e de gorro, cobrindo boa parte do rosto, pareciam marginais procurados, estampados nos periódicos policiais. Do elevador, ainda puderam ouvir o barulho ensurdecedor, à semelhança de uma campainha raivosa, nos outros andares, até o térreo, onde encontraram o funcionário, normalmente de gestos e cumprimentos tão rotineiros, completamente transtornado.

O rapaz, com uma insignificante jaqueta de flanela, tremia duplamente, entrando e saindo da guarita, tentando explicar que houvera um terrível descuido de sua parte, pois, sem querer, acionara o alarme do prédio. Havia alguns moradores curiosos atrás de algumas vidraças, e apenas um, de feições indignadas, gesticulando e praguejando contra o alarido, de janela escancarada. Cientes dos pormenores e, mesmo ainda ao som da campainha não mais irada, mas estupidamente irrepreensível, despediram-se do incauto porteiro, sabendo que, dali a pouco, chegaria a polícia para desfazer o equívoco. Saíram do prédio também tremendo, mesmo com a proteção de seus gorros de lã grossa, pois o vento cortante, que assobiava, parecia insensível a tamanha bravura de pai e filho, interessados em praticar exercícios e cuidar da saúde e da forma física, mesmo com sete graus de temperatura.

Perceberam a chegada de duas viaturas ou três — isso de segurança em grandes metrópoles é essencial — assim que deixaram o portão do edifício. Ainda pararam logo à frente para que o filho refizesse o laço do cordão de seu tênis surrado e continuaram. O conforto do calor debaixo dos cobertores, além do *édredon*, parecia longínquo e reconfortante e os passos aceleram-se, visto que sem isso ficaria improfícuo o exercício. Ao lado deles, um dos carros com policiais com caras pouco amistosas e corpos debruçados nas portas, passou lentamente, como se quisessem fotografar com os olhos e registrar através do vento. Acharam graça, não deram bola e continuaram pela rua íngreme, gorro na cabeça protegendo-os do frio e expondo-os, na fantasia dos policiais já tão cedo em serviço, nas primeiras páginas dos noticiários a respeito dos terríveis crimes nos bairros chiques da cidade.

A menina de cá

> E ela, menininha, por nome Maria, Nhinhinha dita, nascera já muito para miúda, cabeçudota e com olhos enormes.
>
> Guimarães Rosa

Estavam verdes. Sempre ficavam assim, quando se compenetrava na leitura. Seus olhos eram acinzentados e espelhavam grande euforia, à medida que as histórias iam preenchendo seus devaneios. E ficavam meio verdes. Carinha corada de cabelos cacheados, permanecia estática naquela posição de pernas em cruz, fisionomia séria e recatada, diferente dos momentos em que não se via seduzida pelas palavras que a encantavam.

Tinha oito anos, mas desde antes mesmo de aprender a ler, o indecifrável dos rabiscos na folha transformava-a. Interessou-se por seus enigmas e aventurou-se corajosamente para desvendá-los. Os fragmentos vacilantes de idéias iam compondo uma fragilizada imagem do que era o mundo, de como eram as pessoas.

Vivia com a mãe e não entendia por que não tinha pai. Às vezes, arriscava uma pergunta sobre o assunto e a resposta ficava apenas beirando o trivial do que gostaria de conhecer. No entanto, o respeito que tinha por aquela *Menina grande* parecia uma espécie de engraçada tolerância. Chamava-a carinhosamente assim, como retribuição do *minha Menininha* que antecedia sempre as cuidadosas lições que dia a dia faziam parte de seu aprendizado: "não se esqueça do guardanapo antes de usar o copo", "diga muito obrigada quando receber um elogio", "escove bem os dentes", "faça a lição com capricho", "seu pai viajou, logo que você nasceu".

O negrume dos cabelos encaracolados contrastava com o esverdeado dos olhos nesses instantes também, em que a presença do pai configurava-se enfumaçada em sua imaginação, pois as muletas da linguagem ainda não conseguiam sustentar sua verdadeira identidade.

Era as alegrias daquele apartamento minúsculo do terceiro andar. Seu sorriso espontâneo contagiava a rotina desbotada da mãe, que a enchia de beijos e abraços, com a esperança de que sua Menininha, tão meiga e doce, não sofresse como ela as desventuras do desamor.

Certo dia, porém, encontrou-a encolhida, com as pernas em cruz, como de costume, mas com olhos pisados de choro. Tudo culpa do livro. Como insistia para que ela não se debruçasse tanto naqueles enredos que a chicoteavam, embora embalassem sua pequena alma sensível. Tinham ido àquela grande livraria, depois de um sanduíche rápido que substituíra o almoço. Era sábado, dia de descobrir, no vácuo da mesmice, a companhia de uma atividade que alegrasse o espírito.

Toda criança gosta de cinema, de brinquedo, de pipoca, mas sua Menininha preferiu o passeio à livraria. Adorou ficar deitada naqueles *puffs*, lendo pequenos livros de páginas coloridas, sentindo a brancura do papel, onde se descortinavam, por escrito, as emoções das quimeras de todo dia. Foi quase impossível arrancá-la de lá. Apenas a promessa de que poderia comprar um dos livros da prateleira com placa de "promoção" foi capaz de persuadi-la. Escolheu logo o maior e quase voou para casa.

 Teimosa de muito amor, cruzou as pernas no sofá cotidiano e contemplou, naquele livro de alvas páginas doces, a história de uma menininha como ela, que falava sorrindo com olhar esverdeado. Acompanhou-a numa viagem de férias a uma casa de praia. Fazia frio, mas, durante o dia, andar naquela areia fininha com o pai, que com ela apostava corrida, era divino. Às vezes, velejavam até a ilha mais próxima ou permaneciam naquele silêncio de companhia. A literatura tem esse dom; o viver em ponto sem parar acontece no interior dos vocábulos e penetra na alma carente de vida. Nesse instante, seu coraçãozinho de menina transbordou de alegria na realidade onírica, mas ficou doído de lágrimas, em forma de cruz, como as perninhas rijas e tensas em cima do sofá.

 Pediu para conhecer uma foto do pai. Queria conferir-lhe o semblante. Emocionou-se ao ver a mãe, a sua Menina grande, subir no banquinho para pegar uma grande caixa quadrada no maleiro diminuto. Cuidadosamente foi conferindo os pequenos fragmentos de passado sem serventia que lá estavam e, com estupefação, viu a foto do pai. Ele era moreno; sorria com uma fileira de dentes branquinhos e tinha cabelos encaracolados. Estava sentado nas pedras da praia, como se estivesse convidando-a para um passeio pelas areias fininhas. As grandes verdades não passam mesmo de trivialidades, mas agora a Menininha de carinha corada gastaria boa parte de sua infância caminhando de mãos dadas com seu personagem predileto, ou ficaria em silêncio a seu lado, olhando a imensidão do infinito caótico a ser decifrado. Ele e ela, ambos de olhos verdes.

Filé com fritas

De repente, ela entrou correndo, carinha vermelha, como se estivesse febril. Vinha com seu vestidinho rosa, com pala branca de piquê e saia rodada, bem abaixo do joelho. As outras duas seguiram-na, satisfeitas; tudo tinha sido minuciosamente planejado, daí o sentido de enquadramento daqueles olhares adultos de aprovação. À mesa ao lado da nossa, sentaram-se as três gerações.

Como o restaurante ocupava um espaço exíguo, não havia como não ver e ouvir o que acontecia ali. Principalmente porque qualquer coisa diferente seria bem vinda, depois de uma espera de quase meia hora de quem planejava almoçar apenas frango grelhado com salada verde. Era domingo e domingo não combinava com a frugalidade daquela nossa escolha.

As duas mulheres mais velhas eram magras e sem brilho. Ficaram horas lendo o cardápio acanhado, talvez tentando fugir daquela realidade meio constrangedora de silêncios contemplativos. A menina olhava ora para uma, ora para outra, com a cabeça apoiada nos bracinhos cruzados sobre a mesa. Às vezes, ensaiava uma pergunta, mas de forma sutil era convidada a admirar as figuras pintadas nas paredes. Assim, quando o espaço à sua frente já fora suficientemente conhecido, ela levantou-se para conferir o que estava atrás.

Percebíamos que não havia afinidades, apesar dos infalíveis laços entre as três que entraram ali para almoçar em família. Eram avó, filha e neta, mas pareciam talhadas de diferentes matérias, de naipes diferentes. Quando, enfim, chegaram nossos pratos, entretivemo-nos com os aromas com gosto de limão e deixamos de lado a menina desinteressada pelos *quiches* escolhidos pelas outras. Mas foi por pouco tempo, pois elas também enfrentariam uma longa espera e cavoucaram sua criatividade para distrair o rostinho infantil.

Conversaram banalidades, numa busca ansiosa de assuntos que pudessem agradar à filhaneta; entretanto, parecia que cada um deles tinha que ser arrancado à força, sem espontaneidade alguma e, diversamente do que pretendiam as mulheres adultas, a criança tornava-se cansada de tudo, com cara de beicinho desencantado. Seduziram-na com a expectativa de um filé com fritas, prometendo-lhe liberdade absoluta no manejo do *catchup*; tudo em vão.

Inventaram, então, uma brincadeira: com voz calculada, a mãe pedia que a filha encontrasse alguma coisa que ela estivesse vendo. E a garotinha de olhos negros e espertos descobria logo e invertiam-se os papéis. A avó, mergulhada em seus silêncios, fingia participar, olhando para os lados sem procurar nada, sorrindo sua tristeza sem rir. Então a menina sentiu uma alegria nova e transferiu-se da rotina para o sonho. Como sabia já de cor as histórias gravadas a seu redor, começou a questionar sobre o que ela própria arquitetara, quando estudou as cores e os sons do que aquelas figuras lhe transmitiam. E as perguntas começaram a ficar sem respostas, pois os mundos estavam cada vez mais longínquos, mais disparatados. O beicinho na cara corada definitivamente se instalou. A harmonia da situação foi efêmera e uma certa música desafinada de embaraço dominou-nos a todos.

Tentamos concentrar-nos no amargor saboroso de nossos cafés, mas as lágrimas daquela criança de vestido rodado inundaram nossa alma. Nem as batatas fritas que ela mal experimentou foram suficientes para apaziguar sua frustração. No entanto, vingou-se: o filé voltou intacto e a nenhuma das duas mulheres foi permitido experimentar as batatinhas.

Olhos de tartaruga

Demorou uns instantes para eu desligar o rádio. Fazia um friozinho tão gelado fora das cobertas, que convidava anestesiar a responsabilidade. Tomei um banho bem comprido e fui fazer o café. Ele já estava na cozinha com seu rosto gasto, mas nem por isso menos belo. Monossílabos se entrecruzaram, enquanto o cheiro de cotidiano encontrava, no quarto, os travesseiros ainda amontoados. Esquentei o pão francês na frigideira e os aromas desse início de manhã deram-me coragem de sair, deixando-o entretido com todos aqueles classificados.

O que nos impulsiona, até então, é uma certa dose de perfume de sabermos poder contar um com o outro. No entanto, neste momento de tantas perdas, tenho medo de que também o amor escape feito lágrima. Dividimos, ainda, com alguma intensidade, os mesmos calores e arrepios e nos sentimos reconfortados.

Achei estranho estar o escritório fechado. Nunca fora a primeira a chegar e, depois de um mês de férias, nem lembrava mais se tinha a chave na bolsa ou não. Felizmente, encontrei-a e entrei, percorrendo aquelas salas que cheiravam a madeira e a segredos. Aturdi-me. Abri as cortinas. Arrumei uns papéis e umas poucas correspondências que havia recebido, jogando quase tudo fora.

O pesadelo tem varado a noite para me consumir. Ele está cada vez mais introspectivo e anda mitigando suas próprias dores. Percebo-o agitado e perdi a conta de quantas vezes levanta para andar pela casa, sonambulando. Tenho tingido minha solidão de boas lembranças, mas o retorno não me tem aliviado a alma.

A lata de lixo transbordou de coisas inúteis. Aproveitei para arrumar gavetas e estantes, esperando, em vão, que alguém aparecesse. Nem o telefone tocou; a vida pareceu-me abrir parênteses, sem ao menos preocupar-se com alguma explicação. Ainda lavei uns copos e xícaras e saí para almoçar no mesmo restaurante de comida por quilo. À tarde, certamente os engenheiros chegariam e tudo ficaria esclarecido. Estava até saudosa do purê de mandioquinha com filé de frango, mas exatamente no momento em que me preparava para escolher uma mesa, decidi ir correndo para casa. Intuição. Dividiria com ele o meu purê.

Minha sorte é que a poesia supre minhas carências. Borda meus sonhos, delineando-os com fios invisíveis de um dourado entusiasmado.

Li, certa vez, que, ao atingir a maturidade, todo homem deveria perder-se um pouco, mas daí a entregar-se, existe um espaço muito grande.

Os anúncios do jornal estavam espalhados pelo chão, como se tivessem sido pisoteados e as centenas de olhos de tartaruga de minha coleção fitavam-me aturdidos, enquanto ele, indescritivelmente alucinado, chorava um choro amargo, estirado no sofá. Certamente não recebera nenhum chamado para entrevista e a conta, praticamente zerada no banco, deixara-o naquele estado. Não tinha muito tempo; minha hora de almoço já estava quase no fim, mas não poderia abandoná-lo ali. Servi-lhe a comida que ele mal tocou e minha garganta e minha alma ficaram salgadas de choro represado.

O imprevisto me decepciona e me salva. Tenho que acreditar nisso para tentar teimosamente superar o destino, pois no âmago de minhas memórias, a vida se rege pelas horas de comer e de trabalhar. Às vezes só de trabalhar.

Voltei ao escritório desencantada. Além disso, os dois engenheiros chefes pareciam aguardar-me com olhos insondáveis. O de lábios esmagados não escondia, entretanto, um ar de certo constrangimento; o outro, de cabelo desbotado e camisa cheia de vincos, brincava com a tampa da caneta *bic* jogada sobre a mesa. Perdi meu emprego com um sopro. Dos lábios esmagados, ouvi quatro vezes a palavra "crise"; dos inúmeros vincos da camisa, nem um banal "obrigado". Retornei a casa com uma calma vazia, digna de um espírito perdido num labirinto de medos. As tartarugas me olharam sem entender; os olhos dele confundiram-se com os delas, embaçados, ou as lágrimas que me escorreram pelo rosto fizeram-me enxergá-los assim. Tratei de arrumar a casa e juntei os pequenos recortes desencontrados no tapete. Curiosamente me chamou atenção um deles – sobre exposição de miniaturas.

Da desesperança, há que se tirar esperanças para avançar. O imprevisto, às vezes, salva e um ato gera o outro, ritmado. No arremedo de futuro, contemplo seu rosto gasto, mas com sorriso de menino, colando etiquetas em nossas tartarugas. Cada uma delas tem uma história, é uma lenda de um por um dos fragmentos de nossas alegrias.

Avesso

Tinha a sabedoria que a vida não ensina e isso o irritava. Tinha ar nobre de uma esfinge que gargalha e isso o derrotava. Um homem pode até ser destruído, mas derrotado nunca. Sabia-se ponto de equilíbrio do grupo familiar e sobrevivia a seus fantasmas.

O recado colado na tela da TV era claro: o jantar estava no forno, pois ela iria ao *shopping* depois do trabalho. As crianças estavam numa festa naquele *buffet* com direito a passeio de trem aéreo e escorregadores tubulares coloridos. Sequer sentiriam sua falta. Imaginava-a experimentando o vestido vermelho, que salientaria ainda mais suas formas, que a tornaria um objeto portátil de um olhar para outro. Estava cansado; cansado por dentro, como um velho de apenas trinta e seis anos.

Largou cada pé de sapato num canto da casa, exatamente como ela detestava. E amarfanhou o paletó, fazendo dele uma bola dolorida de vincos irregulares. Tirou a gravata, que lhe conferia aquela austeridade própria dos que se reputam senhores absolutos e andou pela casa como um míope, em busca de um reconhecimento sinistro de erros e imperfeições. Não seria certo entrar em casa sentindo cheiro de bife acebolado fumegando no fogão?

Começou a conhecer a transformação fazia pouco tempo. As crianças teriam três e quatro anos e ela resolveu retomar seus afazeres fora de casa. Não adiantaram as intermináveis discussões após o jantar, sempre tão caprichado, mas passível de tantas reclamações de sua parte todos os dias. O amor realmente vive da incompletude, mas não pode perder seu sentido de transcendência. Sentia um prazer imenso vê-la presa à gordura daquele fogão, que a fazia tão bela, ziguezagueando por entre detergentes e panos de prato. Foi quando surgiu o primeiro recado, preso com *durex* à tela da TV. Sua primeira e última entrevista transportou-a novamente às pranchetas, aos esquadros, aos sapatos de salto alto, aos projetos do painel circunscrito, que cada um sonha para si.

 E o mundo dos sobreviventes tornou-se, para ela, mundo dos heróis, dos homens que olham de frente e do alto, dos homens que cantam. Surdo a esse esplendor, começou a demorar mais no escritório, a inventar reuniões infindáveis com clientes estrangeiros, a viajar pelo avesso de sua própria decrepitude física e moral. Essa representação em negativo fez do vazio do amor, que justifica a poesia de sua entrega, um precipício fundo e cada vez mais escuro.

 Lembrou-se, então, do celular e ligou. De forma bem humorada, ela lhe contou sobre a roupa nova, sobre o trabalho elogiado pelo arquiteto-chefe, sobre a festa do fim de semana para a qual tinha comprado o vestido vermelho, que ambos haviam visto na vitrine, no outro dia, depois do cinema. É uma estupidez não ter esperança. Revolveu os estilhaços e, com olhos profundos e caducos, tirou o prato do forno e engoliu a comida. Só mastigou o silêncio e a transitoriedade do amor; só enxergou o vestido vermelho dançando à sua frente. A tragédia não chora; pranteia.

Travessia

O perfume se insinuou para dentro e ficou pairando, até que alguma palavra pudesse captá-lo. Como é difícil transportar a abstrata sensação de frescor e delícia para a folha em branco. Com efeito, ao atingir a maturidade, todo homem deveria se perder um pouco; só assim é possível registrar o efêmero que encanta e embala, pois tudo é tão passageiro, que até dói.

Fiquei inebriada com a doçura do aroma e senti o gosto da música daquele momento colorido. Havia uma sintonia tão grande nos sonhos de miudezas, que imediatamente o cheiro de infância aflorou.

E lembrei-me de meu pai. De sua energia e determinação, de sua intelectualidade, de sua preocupação com minúcias, de seu jornal grifado, de suas gentilezas, de sua alegria de estar, em sua cadeira reclinada, distribuindo sonhos de valsa aos cinco filhos, que, ansiosos para ganhar mais um, nem percebiam a superficialidade do que passava na TV. Era tempo em que nós aparecíamos na paisagem com que sonhávamos. E os sonhos eram sempre gordos, com cara vermelha e suada, de tanta ternura, de tanto tentar distinguir a linha divisória entre a pureza do amor e a realidade quadriculada de todo dia.

Tudo nosso era vezes sete. Entitulávamo-nos "os sete" e sempre os sete eram muitos que reuniam seus destinos e seus corações. Havia também momentos de aspereza e gosto de lágrimas na boca, mas não fossem elas, casa não seria lugar de andar nu de corpo e alma, de aparar arestas e resgatar afetos. E com suas mãos delicadas de segurar cristais, minha mãe sempre foi o esteio de nossa família de mesa farta e repleta. Até hoje reconheço seu talento visceral, que sabiamente estabelece a ligação de halos invisíveis e fios enigmáticos.

Bem mais tarde descobri Drummond, mas foi com minha mãe que conheci a poesia que me embala e me inebria. Com a sensibilidade de quem enxerga música doce no trivial e no monótono, ensinou-nos que o caos é uma ordem por decifrar e que se deve enfrentar os medos, pois não há possibilidade de evitá-los.

O perfume continuou pairando e adquiriu tonalidade de aventura de nossa juventude. Tempo em que viver era mais do que mudar de assunto e havia necessidade de entender o que estava sempre longe de nossa compreensão. Foi nesse momento que o amor pegou e a força iluminadora da razão passou a ter pouquíssima serventia. Vi-o entrar pela porta do teatro da universidade e me encantei com seu arrebatamento e com seus olhos espertos e doces. O amor realmente vive da incompletude e esse vazio justifica a magia de sua essência. Era tempo em que os sonhos deveriam ser construídos de perplexidades, de emoções, de paradoxos. Era tempo em que se pretendia a ficção do que aparecia no palco, nem que o universo tivesse que ser virado do avesso.

Foi assim que o mundo da poesia, que escolhi, interligou-se com o mundo jurídico. E tornaram-se tão indissociáveis até hoje, que um adquire, muitas vezes, a cara do outro. Foram sempre afins. Complementaram-se sempre, solidificaram-se de uma tal forma, que as renúncias cotidianas só contribuíram para que a transcendência do amor nunca se perdesse e adquirisse sentido de plenitude.

Senti o perfume ainda mais intenso e inebriante e a doçura da fotografia da família na parede me transportou para o tempo de risos e de choros ternos, tempo em que insistíamos em não tirar de seus respectivos lugares objetos e valores. Era um tempo mágico, em que nos revíamos crianças em nosso menino, em nossa menina. E nossos sonhos eram ainda mais brilhantes, porque compartilhados pela pureza daqueles corações que batiam em perfeita sintonia com nossos projetos de futuro. Temos para nós, realmente, que o menino é o pai do homem; assim, procuramos transmitir a nossos filhos o mesmo carinho que absorvemos em nossos lares, para que eles, quando adultos, acreditassem nas pessoas e nelas apostassem, pois só assim a vida pode ser diariamente reinventada, e as essências, perpetuadas. Procuramos alertar-lhes que o ser humano é sempre mais importante do que as regras que, atualmente, determinam e gerem este mundo fragmentado. E o amor que frutificou só nos enche de orgulho, pois em nenhum momento gastamos os nossos anos, mas diuturnamente aprendemos com nosso menino e com nossa menina que a poesia está sempre dentro de nós e torna a alma arejada e os labirintos, transponíveis.

De fato, a poesia anestesia os insucessos, as dores e a maldade. Perscrutando-lhe as entrelinhas, sinto-me privilegiada por invadir os seus mistérios. Ela é meu instrumento de trabalho e de inspiração, para que os sonhos sigam o seu curso; muitas vezes, ela não existe para ser entendida, mas para ser sentida. É o que ocorre neste momento, quando o perfume enigmático das lembranças me abraça e me vêm à memória pessoas especiais, que têm comigo vínculo sangüíneo ou não, meus amigos muito queridos, que me ajudaram a escrever esta história de amor, que partilharam de minha travessia. Este é, então, tempo de colher. Tempo de refletir, de reconhecer. Tempo de agradecer a Deus por ter sido tão amada.

Nunca havia pensado
na amizade como uma travessia:
a que liga o mundo puro e indefinido
do sempre
ao mundo precário e previsível do
                              urgente,
do circunstancial.

É travessia pois resgata
antigas ternuras efêmeras,
por diluírem-se no tempo;
ternuras perenes,
por garantirem a permanência de um
na lembrança do outro
mesmo que os cotidianos concretos
                            de ambos
caminhem rigorosamente paralelos.

É travessia pois capta,
      distraidamente,
o que deveria ter sido registrado na
                            alma

e que se perde no percurso,
deixando apenas suave perfume
no ar embaçado,
mesmo que o aparente fragmento de
                                    coisa à toa
não seja coisa descartável.

É travessia pois entrelaça
destinos humanos
com a perspectiva da construção
de fábulas delicadas
que se encontram e se conectam,
que se fundem numa história bela
mesmo que não enunciada
pelas muitas palavras que se calam.

Encontros e Des-Encontros
de Maria Teresa Hellmeister Fornaciari
foi produzido editorialmente por Giordanus
para Ateliê Editorial.
Fonte utilizada: Bembo.
Impresso por Lis Gráfica.
São Paulo, 2005.